DATE DUE

LA AMIGA
DE OSITO

LA AMIGA
DE OSITO

ELSE HOLMELUND MINARIK

Ilustraciones de MAURICE SENDAK

kalandraka

Título original: *Little Bear's Friend*

Colección libros para soñar·

Text copyright © 1960, Else Holmelund Minarik, copyright renewed 1988 by Else Holmelund Minarik

Illustrations copyright © 1960, Maurice Sendak, copyright renewed 1988 by Maurice Sendak

Publicado con el acuerdo de HarperCollins Children's Books, una división de HarperCollins Publishers

© de la traducción: María Puncel, 2015

© de esta edición: Kalandraka Editora, 2015

Calle de Pastor Díaz, n.º 1, 4.º A. 36001 - Pontevedra
Tel.: 986 860 276
editora@kalandraka.com
www.kalandraka.com

Impreso en Gráficas Anduriña, Poio
Primera edición: julio, 2015
ISBN: 978-84-8464-944-1
DL: PO 338-2015
Reservados todos los derechos

MIXTO
Papel procedente de
fuentes responsables
FSC
www.fsc.org   FSC® C104983

Para

MAMÁ Y PAPÁ

ÍNDICE

OSITO Y EMILIA

Osito estaba subido
en lo alto de un gran árbol.
Miró a su alrededor
y vio el amplio mundo.

Vio las verdes colinas.

Vio el río.

Y allá a lo lejos, muy lejos,
vio el mar azul.

Vio las copas de los árboles.

Vio su propia casa.

Vio a Mamá Osa.

Pudo oír el rumor del viento.

Pudo sentir el roce del viento
en su piel, en sus ojos
y en su negra naricilla.

Cerró los ojos
y dejó que el viento
le acariciase.

Abrió los ojos
y vio dos ardillitas.

–Juega con nosotras –le pidieron.

–No puedo –dijo Osito–.
Tengo que irme a casa, a comer.

Empezó a bajarse
y vio cuatro pajarillos.

–Míranos –le dijeron–,
podemos volar.

–También yo puedo
–dijo Osito–, pero yo
solo sé volar hacia abajo
y hacia los lados.

Bajó un poco más,

y vio un gusanillo verde.

—Hola —dijo el gusanillo verde—.
Quédate y habla conmigo.

—No puedo —dijo Osito—.
Tengo que irme a casa a comer.

Bajó hasta el suelo

y se encontró con una niña.

–Creo que me he perdido
–dijo la niña–.
¿Podías ver el río
desde lo alto del árbol?

–Sí, lo veía muy bien
–dijo Osito–.
¿Vives allí?

–Sí –dijo la niña–.

Me llamo Emilia.

Y esta es

mi muñeca Luci.

–Yo soy Osito, y te puedo
acompañar hasta el río.
¿Qué llevas en esa cesta?

–Galletas –dijo Emilia–.
¿Quieres probarlas?

–Sí, gracias.
Me encantan las galletas.

–A mí también
–dijo Emilia.

Echaron a andar juntos,
comiendo galletas y charlando;
pronto llegaron al río.

–Ya veo nuestra tienda
–dijo Emilia–.
Y a mi madre y a mi padre.

—Y yo oigo a mi madre,

que me está llamando —dijo Osito—.

Tengo que irme a casa a comer.

¡Adiós, Emilia!

–¡Adiós, Osito!
Vuelve otro día
a jugar conmigo.

–Volveré –prometió Osito.

Osito se fue a casa dando brincos.

Abrazó a Mamá Osa y le dijo:

—¿Sabes lo que acabo de hacer?

—¿Qué es lo que acabas de hacer, Osito?

—He trepado hasta lo alto de un árbol

y he visto el ancho mundo.

Al empezar a bajarme

he visto dos ardillas,

cuatro pajaritos

y un gusanillo verde.

Me he bajado hasta el suelo

y ¿qué crees que he encontrado?

—¿Qué te has encontrado?

—Pues me he encontrado a una niña

que se llama Emilia.

Me ha dicho que se había perdido,

así que la he acompañado

a que se encontrara con sus padres.

Y ahora tengo una amiga nueva.

¿Sabes quién es?

–¿Una de las ardillas?

–preguntó Mamá Osa.

Osito se echó a reír.

–No –dijo–. Es Emilia.
Emilia y yo somos amigos.

PATO, NIÑERA

Búho daba una fiesta.
Osito, Emilia y Luci
iban camino de casa
de Búho.

Pasaron junto a la laguna
en la que vivía Pato.
Y allí estaba Pato
haciendo de niñera.

Osito se detuvo
a mirar a los patitos.

Preguntó:

–¿Volverá pronto
Mamá Pato?

–Sí, creo que sí –dijo Pato–.
Esperadme, y me iré
con vosotros a la fiesta,
en cuanto ella llegue.

Emilia dejó a Luci en el suelo y dijo:

–Me encantan los patitos.
Me gustaría poder tener uno
en la mano.

–Llámalos –dijo Osito.

Pato echó a correr asustado.

–¡Creo que se me ha perdido uno!

Osito y Emilia empezaron a buscarlo.

Osito
miró por entre
los altos juncos.
Y se dijo:

«Si yo fuera un patito,
seguro que
me habría gustado nadar
allí, en el bosque».

Buscó
entre los altos juncos.
Y allí estaba
nadando el patito,
muy contento.

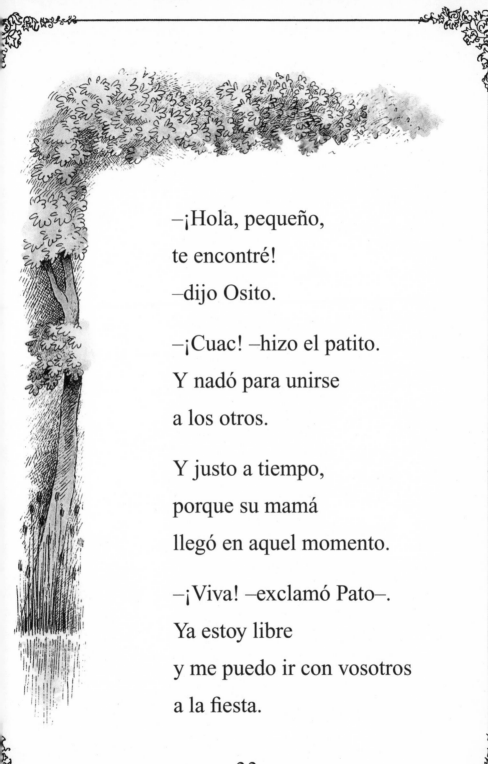

–¡Hola, pequeño,
te encontré!
–dijo Osito.

–¡Cuac! –hizo el patito.
Y nadó para unirse
a los otros.

Y justo a tiempo,
porque su mamá
llegó en aquel momento.

–¡Viva! –exclamó Pato–.
Ya estoy libre
y me puedo ir con vosotros
a la fiesta.

Se fueron saltando
y brincando.

Emilia dijo:

–Me han gustado
mucho los patitos.

–A mí también
–dijo Osito–.
Y, ¿sabes?,
los buhítos también
son muy graciosos.

Emilia sonrió:

–Me gustan
todos los animalillos pequeños.

–A mí también –dijo Osito.

LA FIESTA EN CASA DE BÚHO

Osito, Emilia, Luci,

Gato, Pato y Gallina

se reunieron en la fiesta de Búho.

Gato miró a Luci y preguntó:

–¿Quién es esa?

–Es Luci –dijo Osito–,
la muñeca de Emilia.

–Sí –dijo Emilia–,
es mi muñeca,
y me dice cosas.
Y ahora quiere decirme algo.

–¿Qué? –dijo Gato–.
Yo no oigo nada…

Emilia puso su cabeza
junto a la boca de Luci.

–¿Qué le está diciendo?
–preguntó Gallina.

–Sí, dínoslo –dijo Pato.

–Me está diciendo
–explicó Emilia–
que quiere sentarse aquí arriba.

Y Emilia sentó a Luci
entre las ramas de un arbolito.

–¿Veis? –dijo Osito–.
Emilia sabe lo que quiere Luci.

–Venga, vamos a comer
–dijo Gato.

Búho salió de casa.

Y dijo:

—Aquí tenéis los gorros de fiesta.
Que cada uno se ponga el suyo.

Se los pusieron y estaban

tan graciosos que se rieron mucho

al mirarse unos a otros.

Luego se sentaron a comer.

–¡Mirad a Luci!

–gritó Pato–.

Se está cayendo.

Todos miraron

y vieron cómo Luci caía

desde el arbolito.

–¡Ay, ay…! –exclamó Emilia–.

Luci se va a romper.

Y Luci se rompió.

Se partió un brazo.

–¡Ay, mi Luci!

Lloraba Emilia,
abrazada a su muñeca.

–No llores, Emilia –dijo Osito–,
podemos arreglarla.

–Traeré esparadrapo

–dijo Búho.

Y Osito arregló
el brazo de Luci.

–Ya está –dijo–.
Pregúntale qué tal se siente ahora.

Emilia se inclinó sobre Luci.

–Dice que se encuentra
estupendamente –dijo Emilia–.
Y que eres un doctor
muy bueno, Osito.

–Dile de mi parte
que muchas gracias.
Y que en cualquier momento
en que se rompa un brazo
o una pierna, aquí estoy yo
para arreglárselo.

Búho se echó a reír:

–Por favor, que hoy nadie
se rompa nada más –dijo.

Emilia sentó a Luci
en su regazo.

Gallina preguntó:

–¿Te está diciendo algo ahora?

–Sí –dijo Emilia–.
Quiere que empecemos la fiesta.

Y fue eso lo que hicieron.

Y resultó una fiesta magnífica,
incluso para Luci.

Ella misma lo dijo.

TU AMIGO, OSITO

Se terminaba el verano,
y Emilia tenía que despedirse.
Había llegado el momento
de volver al colegio.

Mamá Osa hizo un bizcocho.

Osito preparó limonada.

Mamá Osa dijo:

—Si nos comemos
el bizcocho,
no lloverá mañana.

—No me importará nada
que llueva —dijo Osito—.
Mañana ya no estará
aquí Emilia
para jugar conmigo.

—Bueno —dijo Emilia—,
de todos modos podemos
comernos el bizcocho
y bebernos la limonada.

Así que se comieron el bizcocho
y bebieron la limonada
mientras hablaban y hablaban.

Y llegó la hora en que Emilia

tenía que marcharse.

Papá Oso dijo:

–Cuida a Luci para que
no vuelva a romperse un brazo.

–La cuidaré –prometió Emilia.

Emilia abrazó a su muñeca y dijo:

–Luci también quiere despedirse.
Dile adiós a Osito, Luci.

Y puso a la muñeca en los brazos de Osito.

Y luego le dijo:

–Osito, puedes quedarte con ella.
Te la regalo.

–¡Oh!…
–empezó a hablar Osito.

Pero, antes de que pudiera decir

nada más, Emilia abrazó a Luci de nuevo:

–¡Ay, no! –exclamó–.

Se me había olvidado

que Luci tiene que venir

al colegio conmigo.

Emilia metió la mano en su cartera
y sacó un bolígrafo nuevecito.

–Es para ti –dijo–.
Quiero que te lo quedes.

Osito recibió encantado el regalo.

–Muchas gracias, Emilia –dijo.

Osito corrió hasta su cuarto
y volvió con un barquito
de juguete precioso.

–Es para ti.
Puedes hacerlo navegar
en la bañera.

–¡Sí, gracias!, ¡qué divertido!

–dijo Emilia–. Adiós, Osito.

Hasta el verano que viene.

Osito la acompañó hasta la puerta.

Se quedó allí mirándola

hasta que desapareció. Dos lagrimones

le rodaron por las mejillas.

Mamá Osa lo vio llorar

y sentó a Osito en sus rodillas.

–Vamos, no llores, Osito –le dijo–.

También tú irás al colegio

y aprenderás a escribir. Y, entonces,

podrás escribirle una carta a Emilia.

–Osito puede empezar ahora mismo
–dijo Papá Oso.

Le dio una hoja de papel y dijo:

–Osito ya sabe escribir su nombre.

–Sí –dijo Mamá Osa–, y puede hacerlo
con su bolígrafo nuevo.

Tomó la pata de Osito
y le ayudó a empezar…

Osito estaba encantado
y preguntó:

–¿Cuándo podré escribir a Emilia?

–Pronto –le aseguró Mamá Osa.

Y pronto pudo escribir a Emilia
una carta que decía así:

Querida Emilia:

Está nevando.
Me encanta la nieve.
Me gustaría poder mandarte un puñado.
Búho, Pato, Gallina y Gato
te mandan su cariño,
y también los patitos.
Espero que pronto sea verano otra vez.

Tu amigo,

Osito